BULLETIN
de la
Société Historique
et Archéologique
des VIIIe et XVIIe Arrondissements de Paris

Nouvelle série N° 1

1921

SIÈGE SOCIAL
MAIRIE DU VIIIe ARRONDISSEMENT
11, RUE D'ANJOU
PARIS

EN VENTE A LA LIBRAIRIE ANCIENNE HONORÉ CHAMPION
5, quai Malaquais, PARIS

SOMMAIRE

Les séances de la Société ont lieu régulièrement 11, rue d'Anjou, Mairie du VIIIe arrondissement, le 3e vendredi de chaque mois, de novembre à juin, à 8 h. 1/2 du soir.

Adresser toutes les communications à M. Paul Jarry, *Secrétaire général, 62, rue Blanche.*

BULLETIN

de la

Société Historique et Archéologique

des VIIIe et XVIIe Arrondissements de Paris

Nouvelle série N° 2

1922

SIÈGE SOCIAL
MAIRIE DU VIIIe ARRONDISSEMENT
11, RUE D'ANJOU
PARIS

En Vente a la Librairie ancienne Honoré CHAMPION
5, quai Malaquais, Paris

SOMMAIRE

Les séances de la Société ont lieu régulièrement 11, rue d'Anjou, Mairie du VIIIe arrondissement, le 3e vendredi de chaque mois, de novembre à juin, à 8 h. 1/2 du soir.

Adresser toutes les communications à M. Paul Jarry, *Secrétaire général, 62, rue Blanche.*

A propos de l'Arc de Triomphe de l'Étoile

(Titon du Tillet).

Il semblait que rien ne put augmenter le prestige d'un monument élevé « à la gloire immortelle de Napoléon le Grand, premier empereur des Français »; cependant un des faits les plus considérables que l'histoire de France ait eu à enregistrer est venu lui apporter une lueur intérieure si puissante que le célèbre édifice resplendit plus merveilleusement que jamais, et que cette incandescence nouvelle irradie sur le monde entier.

Le « défilé de la Victoire », qui passa sous le grand arc de l'Arc de Triomphe, a tracé un sillage tellement profond que la terre en restera à jamais creusée, et que, dans ces temps mémorables, rien autre ne pouvait y trouver place que les restes sublimes du « Poilu inconnu ».

Au cours d'un article fort intéressant, paru dans le *Bulletin de la Société Historique et Archéologique des VIIIe et XVIIe arrondissements de Paris*, 1917-1919, M. Jean Dejamme a fait un historique précis du monument dont Chalgrin fut le premier architecte [1]. L'histoire de ce monument devrait être connue de tous.

« Dès avant la Révolution, nous dit M. Dejamme, on songeait à élever sur la Butte de l'Étoile quelque monument sensationnel. Il s'en fallut de peu qu'un ingénieur, nommé Ribart, ne fit réussir le projet burlesque d'un éléphant colossal

1. Par une pièce signée Gossec, et appartenant aux Archives de l'Opéra, nous voyons que Chalgrin avait le titre d'« Architecte du Directoire exécutif ».

dont le corps eût contenu une salle de bal, une salle de jeu, etc. Une décoration analogue fut, on le sait, projetée pour la place de la Bastille. Cette dernière place, de son côté, fut proposée pour l'Arc de Triomphe lorsque l'érection en fut décidée par le décret du 18 février 1806 qui n'en fixait pas l'emplacement. Ce fut le ministre Champagny qui, le premier, suggéra l'idée de la Butte de l'Étoile, qui était certainement le choix le plus heureux ».

Quelques jours après le décret qui ordonnait la construction de l'Arc de l'Étoile, Napoléon rendait un autre décret ayant pour objet l'édification de l'Arc du Carrousel, 26 février 1806.

Il est intéressant et curieux de voir quel était le but principal que Napoléon poursuivait en faisant élever, à Paris, des monuments romains ou néo-romains du genre de ceux-ci, et quel rôle il entendait leur assigner, cela avec l'habituelle vision, à la fois complexe et nette qu'il avait des choses les plus diverses : « Les Arcs de Triomphe, disait-il, seraient un ouvrage futile et qui n'aurait aucune espèce de résultat, que je n'aurais pas fait faire, si je n'avais pensé que c'était un moyen d'encourager l'architecture. Je veux, avec les Arcs de Triomphe, alimenter l'Architecture de France pendant vingt ans ».

M. Dejamme nous fait assister en partie aux difficultés que rencontra la construction. L'édifice, commencé en 1806, ne fut terminé qu'en 1836, ayant eu successivement Goust, Hayot et Blouet pour en diriger les travaux.

Nous n'avons pas l'intention d'ajouter quoi que ce soit de neuf à l'article cité ; nous croyons cependant utile d'apporter une contribution, non pas à l'histoire du monument de Chalgrin, mais à celle de l'emplacement sur lequel il fut élevé : la Butte de l'Étoile.

Au début du XVIIIe siècle, la Butte de l'Étoile, ou mieux le *Rond de l'Étoile*, attira l'attention et fixa le choix d'un biographe éminent doublé d'un homme de goût.

Voici dans quelles conditions Evrard Titon, sieur du Tillet, ancien officier dans les armées de Louis XIV et Maître d'Hôtel

EVRARD TITON DU TILLET

de Madame la Dauphine, mère de Louis XV, né, à Paris, le 16 janvier 1677 et mort, à Paris, le 26 novembre 1762, imagina d'élever un monument « à la gloire de la France et de Louis le Grand, et, à la mémoire immortelle des illustres poètes et des célèbres musiciens français ».

Dans son ouvrage *le Parnasse François*, dont nous avons fait la bibliographie dans notre livre : *les Couperin*, Titon du Tillet décrit longuement le projet qu'il avait formé, en indique avec soin tous les détails, s'étend sur les avantages qu'il présente, et s'efforce de montrer combien il serait nécessaire d'en voir la réalisation.

Son projet était double et même triple. Il mena à bien les deux premières parties du programme qu'il s'était tracé ; quant à la troisième, qu'il ne pouvait exécuter sans le secours de l'État, il dut y renoncer, cette aide lui ayant été refusée.

L'effort personnel de Titon fut considérable, puisque, d'une part, il établit l'*Ordre chronologique des poètes et des musiciens*, et que, d'autre part, il arriva à faire construire, à ses frais, un groupe en bronze sur lequel étaient rassemblées trente-six figures, dont quatorze principales, savoir : Apollon (Louis XIV), les trois Grâces, (Mesdames de la Suze, des Houlières et Mademoiselle de Scudéry) ; la Nymphe de la Seine ; huit poètes : Pierre Corneille, Molière, Racan, Segrais, La Fontaine, Chapelle, Racine et Despréaux ; un musicien : Lully portant sur un bras le médaillon de Quinault, son parolier ; et vingt-deux plus petites figures représentant des génies. On y voyait aussi les médaillons de quinze autres poètes, de deux musiciens et d'une musicienne, exécutés par Cure ; le cheval Pégase et quelques petits animaux servant d'attributs pour le genre pastoral et celui de la fable.

Pour nous rendre compte de ce que devait être, au point de vue esthétique, le monument à la fois allégorique et analogique du Parnasse de la Grèce, qu'imagina si ingieusement Titon du Tillet, nous possédons plusieurs sources de renseignements.

C'est, d'abord, une grande estampe [1] que Titon fit graver, par Jean Audran, et qui parut au mois d'août 1723, c'est-à-dire quatre ans avant la première édition du Parnasse François (in-12, 1727), estampe d'après le bronze, exécuté et sculpté par Louis Garnier, « élève du fâmeux Girardon ». Ce bronze, commencé en 1708, ne fut achevé qu'en 1718. Suivant la coutume, courante à l'époque, Jean Audran ne fit pas le dessin de cette estampe, c'est Nicolas de Poilly qui l'exécuta. Puis une autre estampe, gravée par Nicolas Tardieu, aussi graveur du Roi, qui sert de frontispice à la seconde édition du Parnasse (in-fol. 1731-1732). — Voilà déjà des documents iconographiques intéressants ; il en est un autre plus important encore : *c'est le groupe lui-même*, dont il sera question plus loin ainsi que d'un tableau se rapportant au même sujet.

Titon du Tillet rêvait de voir ce groupe, agrandi, érigé sur une des places du Paris d'alors, ainsi qu'il ressort de l'extrait ci-après :

« Peut-être, me dira-t-on, où prétendez-vous donner ces charmans spectacles sur le Parnasse en bronze ?

« Je répondrai poétiquement, et laissant libre carrière à mon imagination, qu'on élève ce Parnasse dans quelque bel endroit et spacieux, par exemple sur une monticule agréable, qui se présente en face du Château des Thuilleries entre les Champs-Elisées et le Bois de Boulogne, au sommet de laquelle est un grand rond, appellé *Rond de l'Étoile*, où aboutissent les belles allées du Roule ; qu'on place dans ce rond le Parnasse en bronze (sur le modèle de celui que j'ai fait exécuter) dont la hauteur seroit d'environ soixante pieds, et dont le tour, comprenant les quatre faces du Parnasse, auroit environ cent soixante pieds par sa base, et s'éleveroit toujours en diminuant en forme pyramidale ; les principales figures rassemblées sur ce groupe auroient dix à douze pieds de haut ou de proportion, et les Génies, les Médaillons, les arbres et tout le

1. Haut. 0.80, larg. 0.55. Bibl. Nat., Cab. des Est. : AA5, supplément relié, Garnier Louis. — Sur la famille Titon, cf. G. Hartmann, Bul. de la Soc. hist. *La Cité*, oct. 1908. On prétend que Titon aurait été conseillé par son ami Boileau pour la composition du *Parnasse François*.

reste y seroient proportionnez. Ce Groupe seroit vû d'une bonne partie de la Ville de Paris, et de plus de trois et quatre lieues dans les campagnes des environs ; le penchant de la monticule dont on vient de parler, et la plaine agréable qui est au pied, et qui se trouve plantée en partie de beaux arbres, pourroient facilement être ornez et arrosez de plusieurs cascades et canaux, qui prendroient naissance du Parnasse même, où la *Nymphe de la Seine*, qui y tient lieu de la Fontaine de Castalie ou du fleuve Permesse, porte une urne, d'où sortiroit une vraye nappe d'eau, laquelle après avoir formé diverses cascades sur le bronze, et l'avoir entouré d'un grand et magnifique bassin, se répandroit ensuite dans la plaine en formant plusieurs jets et autres pièces d'eau : ce lieu en deviendroit plus charmant et plus délicieux. Qu'on suppose que les hommes célèbres représentés sur le Parnasse en bronze, ou dont les noms y sont écrits, ayant la faculté de renaître en personne, ou de paraître sous la figure de Génies ou d'Ombres respectables, de se promener dans les Champs-Élysées, dans le jardin des Thuilleries, dans le Bois de Boulogne, et dans tous les cantons rians et aimables qui les environnent, ou les allées découvertes et les allées en berceaux, les bois et les pièces de gazon fourniroient des scènes agréables, qui seroient encore décorées par les ordres et sous la conduite d'Apollon, de grands et de beaux morceaux d'architecture et de machines surprenantes, exécutées par les Sourdéacs, les Vigarinis, les Hesselius, les le Febvre, les Bérins, les Servandonis, afin de faire représenter ces spectacles avec toute la grandeur et toute la magnificence possible [1] ».

Ainsi, modifier, transformer le *Rond de l'Étoile*, y édifier un magnifique monument, faire de cet endroit, continuation et aboutissant des Champs-Élysées, un lieu enchanteur hanté par les ombres errantes des grands morts... et servant aussi à l'agrément des vivants, tel était, de Titon du Tillet, le grandiose projet qui ne manquait certes pas d'ampleur et méritait qu'on s'en occupât.

1. Description du Parnasse François, pp. 44-45.

Cependant, ce beau projet ne devait pas se réaliser. Le Roi reçut avec bonté le tableau [1] et l'estampe de Jean Audran représentant le Parnasse ; Messieurs de l'Académie française et Messieurs de l'Académie des Inscriptions et Belles-Lettres, acceptèrent la même gravure, et ce fut tout. L'auteur dût se contenter d'avoir donné une marque de son zèle pour la Nation en élevant de ses propres deniers, le Parnasse Français ; toutefois il put dire, avec une amertume très légitime : « J'ai bien compris qu'une personne qui ne travaille que pour la gloire des grands hommes qui ne vivent plus, ne peut pas être du goût de tous les vivans, et qu'elle doit espérer sa plus grande récompense dans la postérité ».

Titon du Tillet, dont la vive imagination était constamment en éveil et le bon vouloir presque inlassable, ne comptait pas s'en tenir au seul Parnasse François sur lequel figuraient les maîtres de la pensée littéraire et musicale, il eut l'intention de donner un digne pendant à ce premier groupe. Nous en trouvons la preuve dans les lignes suivantes :

« Comme je ne manque pas de projets sur tout ce qui peut faire honneur à notre Nation et à tous les grands hommes, je m'étois cependant promis de faire exécuter aussi en bronze, avec l'agrément et l'approbation de Nosseigneurs les Maréchaux de France, un *Temple de Victoire* ou un *Champ de Mars* où *Louis le Grand* auroit brillé au milieu des *Grands Capitaines* et des *Héros* qui ont paru sous son règne : ce Groupe et ce Monument auroient été mis en regard avec celui du *Parnasse François*, et je ne doute point que ces deux groupes, à peu près de même forme et de même hauteur, n'eussent fait un bel effet dans le milieu des deux salons qui terminent la superbe galerie du Château de Versailles, dont la voûte partagée en divers tableaux représente les principales

1. Le tableau offert au Roi, la veille de la saint Louis, est très vraisemblablement celui que possède la Bibliothèque Nationale. Tableau d'architecture, non signé mais assurément peint par Nicolas de Poilly, d'après la gravure d'Audran. Ce tableau, enfermé dans un cadre formé d'une belle baguette en bois doré, mesure : larg. 1m15, haut. 1m50. Sur le petit panneau du socle on lit : « Ce Parnasse est dédié au Roy et placé par ordre de S. M. dans la Bibliothèque Royale le 30 aoust 1723 ».

LE PARNASSE FRANÇOIS

gravé par Nicolas Tardieu.

actions de *Louis le Grand ;* le Temple de Victoire, où le Champ de Mars pourroit être placé dans le *Salon*, appellé *de la Guerre*, et le Parnasse François dans le *Salon de la Paix* [1] ».

Le Temple de Victoire ne reçut pas même un commencement d'exécution ; quant au Parnasse François, on peut en voir l'admirable maquette à la Bibliothèque Nationale. Elle est placée au centre de la salle, dite du Parnasse, qui précède la galerie Mazarin (1er étage). C'est uue fort belle chose qui fait le plus grand honneur à Titon du Tillet, qui en conçut l'idée, et aux artistes éminents qui l'exécutèrent.

La jalousie, la méchanceté, l'envie s'exercèrent avec force contre Titon du Tillet ; toutefois, malgré les efforts de ceux de ses contemporains qui firent échouer le projet d'édification du Parnasse, d'autres, par contre, le tenaient en grande estime ; ils lui rendirent justice et lui payèrent le tribut d'hommages qu'il méritait à tant de titres.

La pièce de vers que voici est un exemple de l'admiration profonde qu'il suscita :

Épître [2]

A M. Titon du Tillet

D'où nous vient, cher Titon, ce désir unanime,
Ce vif empressement, cette ardeur légitime,
Qui nous fait aspirer à d'illustres renoms,
Et nous porte à vouloir éterniser nos noms ?
D'où naît ce noble feu, cette puissante flâme,
Dont la force jamais ne s'éteint dans notre âme,
Conduit par la clarté, le Héros aux combats,
Pour s'immortaliser affronte le trépas ;
Le Poëte poussé d'une divine audace,
Monte près de Virgile au sommet du Parnasse ;
L'Avocat à travers un pénible chemin,
Se plaît à protéger la veuve et l'orphelin.
L'espoir d'un nom fameux enfante des merveilles :
C'est la source et le but de nos heureuses veilles.

1. Description du Parnasse François, p. 70.
2. *Mercure de France*, mars 1753, pp. 89-92.

Toi-même, cher Titon, guidé par ce flambeau,
Tu sçûs nous présenter un chef-d'œuvre nouveau ;
Ton Parnasse François, sûr garant de ta gloire,
Te place pour jamais au Temple de Mémoire ;
Ton nom sera chéri de la postérité
Voilà le vrai chemin de l'immortalité.

Par ce brillant aspect l'équitable Nature,
De nos jours limités prolonge la mesure,
Ou plutôt à nos vœux donnant un sort plus beau
Nous fait-elle survivre au-delà du tombeau.
Notre âme désormais libre de la matière
Se verra sans nuage et vivre toute entière ?
Enveloppée alors de gloire et de vertus,
Sa lumière croîtra pour ne s'éteindre plus.
Le mérite vivant, poursuivi par l'envie,
En triomphe toujours au sortir de la vie ;
Et sans cesse ici-bas haï, persécuté,
N'a de repos qu'au sein de l'immortalité.
Tel au fond des forêts un chêne vénérable,
Présente aux ouragans sa tête inébranlable
Sans relâche agité par les vents furieux,
Il brave leur courroux, s'élance vers les Cieux.
Oui, Titon, s'élevant au-dessus du vulgaire,
On s'attire bientôt son injuste colère ;
On est l'heureux objet de ses cris impuissans,
Et l'on voit s'irriter mille insectes rampans.
Hé ! n'ont-ils pas voulu dans leur sombre malice,
Renverser de tes mains le superbe édifice ?
Tu te vois au-dessus de leurs lâches efforts,
Car les cœurs généreux sont enfin les plus forts.
O sublimes mortels, d'une âme courageuse
Sçachez voguer au sein d'une mer orageuse ;
Le Port vous est ouvert, sçachez-y parvenir ;
Supportez le présent, contemplez l'avenir.
A vos ardens efforts plus les vents sont contraires,
Plus grande est votre gloire et vos courses prospères ;
On s'endort aisément sur le calme des flots,
La tempête fait voir tout l'art des matelots.
De l'insolent Pradon l'audace téméraire,
Entraîne quelque tems un aveugle parterre ;
Mais Racine bientôt par ses accens vainqueurs
Sous la loi du génie enchaîne tous les cœurs :

Son triomphe dès-lors éclate davantage ;
Sa splendeur tout-à-coup dissipe ce nuage ;
Il auroit eu sans doute un sort moins glorieux
S'il ne s'étoit jamais suscité d'envieux.

O mortels malheureux, qui jouet de l'envie,
Nourissez dans vos cœurs cette noire furie ;
De ce monstre odieux trop fidèles suppôts,
Voyez quel est le fruit de vos honteux complots.
Vous pensez opprimer par d'indignes outrages
Ceux qui mériteroient votre encens, vos hommages ;
Un grand cœur vous méprise, et l'effort de vos coups
Trop foible contre lui rejaillit contre vous ;
De vos propres fureurs, vous êtes les victimes ;
Vous ne pouvez l'atteindre en ses essors sublimes ;
Il ne vous laisse voir ni foible, ni défaut ;
Voulant le rabaisser, vous l'élevez plus haut ;
Tel est de l'envieux la barbare injustice :
La richesse d'autrui lui devient un supplice ;
Furieux il voudroit à force d'attentats
Etouffer les vertus, les talens qu'il n'a pas.
Les assauts violens de sa jalouse rage
Nous font chercher un port éloigné de l'orage ;
Nous le trouvons enfin ce port tant souhaité
Le jour que nous volons à l'immortalité.
L'affreuse envie alors voit finir son empire ;
Nous mourons pour renaître, à jamais elle expire.

D'une telle Mégère, implacable ennemi,
Cher Titon, dans nos cœurs ton règne est affermi ;
Ton esprit bienfaisant, et ton cœur magnanime
Seront le digne objet d'une éternelle estime ;
Nos vœux t'éleveront au rang des immortels :
A de moindres vertus on dresse des Autels.
Les Poëtes guidés par leur reconnoissance,
Te feront désormais l'Apollon de la France.
Hélas ! que ne peux-tu, pour combler nos souhaits,
Jouir d'un sort si beau sans nous quitter jamais.
Du moins qu'en ta faveur le destin moins sévère,
Daigne étendre pour toi notre course ordinaire :
Oui, sois long-tems mortel, plein de gloire à nos yeux,
Hé, n'est-on point assez immortel dans les Cieux ?

L. Sancy.

Si son grand projet échoua, du moins s'est réalisé l'espérance dans laquelle était Titon du Tillet, que la postérité saurait reconnaître ses mérites.

L'œuvre bibliographique de cet homme éminent est à présent hautement appréciée, elle s'impose à ceux qui s'occupent de l'histoire littéraire et artistique du XVIIe et du XVIIIe siècles, où chacun peut y puiser des renseignements précieux. Elle sert aussi à montrer ce que peut un être humain épris d'un idéal élevé, qu'il poursuit sans relâche.

Charles BOUVET.

Note bibliographique. — Outre les deux éditions du *Parnasse François*, in-12, 1727 et in-fol., 1732, Titon du Tillet fit paraître, en 1760, un volume in-folio extrêmement remarquable.

Ce livre est composé de deux parties. La première, dont l'approbation est du 25 avril 1757, comporte : une page de titre, deux de table-sommaire et quarante-huit de texte ; elle présente un résumé des précédentes éditions, de notables augmentations, notamment dans la « Liste des personnes qui sont rassemblées sur ce monument jusqu'à la fin de l'année M.DCC.LVI. », et donne aussi des indications précises sur les collaborateurs de Titon et des précisions sur différents points. Nicolas Tardieu a gravé, en 1757, une seconde estampe du Parnasse François, c'est celle qui figure dans cette première partie. — La seconde partie comporte : une page de titre, deux de table-sommaire et cent-vingt-deux de texte ; elle est intitulée : « Diverses pièces en prose et en vers, au sujet du Parnasse François ». Cette partie, pour être apologétique, n'en est pas moins intéressante.

M. Eug. Le Senne, qui possède ce volume de toute rareté, a bien voulu le mettre à notre disposition ; nous sommes heureux de l'en remercier bien sincèrement.

La Bibliothèque de l'Opéra possède un exemplaire du Parnasse François avec ses deux suppléments et toutes les gravures (N° 1816). Ce précieux exemplaire, auquel il ne manque qu'une belle reliure pour être parfait, contient une dédicace, des corrections et des annotations de la main de Titon du Tillet.

Ch. B.

TITON DU TILLET

1677-1762

Lorsque, dans un article paru ici-même (Fasc, 1921), nous disions, en parlant des ouvrages de Titon du Tillet (1) : « L'œuvre bibliographique de cet homme éminent est à présent hautement appréciée, elle s'impose à ceux qui s'occupent de l'histoire littéraire et artistique du XVIIe et du XVIIIe siècles, où chacun peut y puiser des renseignements précieux », nous pensions au *Parnasse François* (1727 et 1732), et à son *Premier Supplément* (1743) qui, en effet, ont été consultés fréquemment et fructueusement par les spécialistes auxquels nous faisions allusion.

En ce qui concerne le *Second Supplément du Parnasse François* (1755), jusqu'en ces dernières années il était assez peu connu du public. Quant au *Troisième Supplément* (1760), on l'ignorait à peu près complètement. Nous mêmes, quand nous fîmes figurer dans notre livre : *les Couperin*, une bibliographie des ouvrages de Titon du Tillet, ce n'était en somme qu'une

(1) La tête de chapitre ci-dessus reproduit un bois de Papillon 1728, tiré de la seconde partie du Troisième Supplément du *Parnasse François*. Nous profitons de cette nouvelle étude de notre éminent collaborateur, M. Charles Bouvet, archiviste de l'Opéra, pour lui adresser nos plus sincères félicitations à l'occasion du prix Kastner-Boursault qui lui a été attribué par l'Académie des Beaux-Arts, dans sa séance du 22 juillet dernier, pour son bel ouvrage : *Les Couperin* (note du Comité).

esquisse, nous omettions les *Essais sur les Honneurs et sur les Monumens accordés aux illustres savans pendant la suite des siècles*, et le *Troisième Supplément du Parnasse François*. C'est seulement dans notre premier article « A propos de l'Arc de Triomphe de l'Etoile (Titon du Tillet) » que, dans une *Note bibliographique*, nous avions signalé ce dernier supplément.

A présent, nous sommes en mesure de donner non seulement la Bibliographie et le Catalogue complet des ouvrages de Titon du Tillet, mais aussi des renseignements précis intéressant l'auteur du Parnasse et son Œuvre, renseignements puisés justement dans le troisième supplément.

Ce volume, paru dans l'année 1760 « la quatre-vingt-quatrième de mon âge », nous dit l'auteur, dans une note placée au bas de la seconde page de la Table sommaire de la seconde partie, précisera certains points incertains jusqu'alors, et la partie apologétique servira à nous montrer que si Titon du Tillet dut combattre pour ses idées, et surtout pour la réalisation du grand projet qui embrassa toute sa vie, il eut du moins la satisfaction d'être estimé par des esprits élevés qui ne lui ménagèrent pas les éloges.

Titon du Tillet était d'une famille d'origine tout à fait plébéienne. Son bisaïeul, venu d'Ecosse pour chercher fortune à Paris, eut un fils : Claude Titon, qui apprit le métier de brodeur, et devint maître brodeur et chef de fourrière de la Reine.

C'est le fils de Claude Titon : Maximilien Titon, qui fonda la lignée aristocratique des Titon. La vie de cet homme est prodigieuse.

Chose surprenante, ce fils de brodeur fut tenu sur les fonts baptismaux par Maximilien, duc de Béthune, Grand-Maître de l'artillerie de France, c'est-à-dire Sully, et par la Maréchale de l'Hospital, Charlotte des Essarts, qui avait épousé François de l'Hospital, comte du Hallier. Comment un tel parrainage fut-il accordé à un artisan ? M. Georges Hartmann répond à cette question de la façon suivante : « La broderie à cette époque jouait un rôle important dans le costume, quelques-uns de ceux qui exerçaient ce métier auprès des gens de cour, les approchaient facilement, ils étaient estimés comme des artistes. Claude Titon, brodeur considéré, ornant probablement les vêtements du célèbre ministre et de l'ancienne maîtresse de Henri IV, obtint-il ainsi cet honneur ? » (1).

Maximilien Titon apprit la fabrication des armes, puis s'établit armurier au bout du pont Saint-Michel, mais ayant fait banqueroute dans cette première entreprise, il devint fourrier du duc du Maine. Il avait épousé, alors qu'il avait vingt-cinq ans, Marguerite-Angélique Bécaille, qui fut nourrice d'un des enfants de M. de Louvois. Profitant de cette circonstance, elle fit valoir les connaissances spéciales de son mari en tant qu'armurier et demanda pour lui un emploi. C'est ainsi qu'il obtint la fourniture des armes pendant la guerre de Flandre.

Ses affaires marchèrent à merveille. Déjà il était riche lorsqu'il proposa au Roi la création de magasins d'armes dans les principales villes du royaume, magasins dépendant d'un établissement central installé à Paris. Le Roi ayant accepté la proposition faite par Maximilien Titon, celui-ci fut nommé « Directeur des manufactures et magasins royaux d'armes de Sa Majesté ». Cet organisme était créé à la Bastille, et fonctionnait dès 1666.

Lorsque mourut cet homme étonnant, il était comblé d'honneurs et laissait une fortune de plusieurs millions.

Maximilien Titon, devenu baron de Berre, seigneur d'Ognon, de Lançon, d'Eville, etc., fut inhumé dans la chapelle des Hospitalières de Saint-Mandé, qu'il avait installées dans l'ancienne propriété du fameux surintendant des finances Fouquet.

L'auteur du Parnasse François, Evrard Titon du Tillet, quatrième fils de Maximilien Titon, naquit le 16 janvier 1677, et fut baptisé en l'église Saint-Paul. Il fit de bonnes études chez les jésuites de la rue Saint-Antoine et, quoique son père eut

---

(1) Georges Hartmann. — La famille Titon, Bulletin de la Société Hist. *La Cité*, octobre 1908. C'est dans ce travail que nous avons puisé les principaux éléments du tableau généalogique encarté entre les pages 178 et 179. Bien qu'incomplet, ce tableau, nous le pensons, sera utile aux historiens, et, en tous cas, il pourra, par la suite, être complété des quelques dates qui lui manquent.

désiré que lui et ses frères embrassent la carrière militaire, il permit à son fils cadet de suivre les cours de droit. Malgré ses études de jurisprudence : « Evrard, à quinze ans, avait obtenu le brevet d'une compagnie d'infanterie et peu de temps après fut fait capitaine de dragons. Mis en réforme, après la paix de Riswick en 1697, il acheta 31.400 livres la charge de Maître d'Hôtel de Marie-Adélaïde de Savoie, duchesse de Bourgogne, mère de Louis XV. La mort prématurée de cette princesse (1712) le laissa sans emploi. Il voyagea en Italie, s'intéressa aux Beaux-Arts. A son retour, il fut fait commissaire provincial des guerres, fonction qu'il conserva longtemps. Ce dernier office lui coûta 100.000 livres » (1).

Evrard Titon du Tillet avait acheté à son petit-neveu Jean-Baptiste-Maximilien de Gon, vicomte d'Argenlieu, capitaine des Gardes françaises, une part de la propriété paternelle de la rue de Montreuil, c'est là qu'il mourut célibataire, le 26 décembre 1762, à quatre-vingt-six ans. Il vécut exempt de toute maladie et ne connut aucune des infirmités de la vieillesse. Comme son père, il fut inhumé dans la chapelle du couvent des Religieuses Hospitalières de Saint-Mandé (2).

Titon du Tillet était, paraît-il, un homme affable, d'un caractère doux et égal. Ce qui est certain, c'est que, si l'on considère avec un peu d'attention le portrait que Largillière a tracé de lui (3), on se convaincra rapidement que cette physionomie respire l'intelligence et la bonté. Elle est en outre empreinte des marques d'une volonté qu'explique l'Œuvre de sa vie, œuvre pour la réalisation de laquelle il a fallu une ténacité peu commune.

Le testament qu'il rédigea cinq mois avant sa mort, le 8 juillet 1762, suffirait à prouver les qualités de son cœur qui, au reste,

---

(1) Georges Hartmann. — *La famille Titon*, loc. cit., p. 24.

(2) Les Hospitalières de Saint-Mandé ayant été dispersées à la Révolution, les bâtiments et les deux chapelles de leur couvent furent démolis. On ne sait dans quel lieu les restes des Titon purent être transportés (Note de M. G. Hartmann).

(3) Voir le *Parnasse François*, seconde édition (1732). Georges Hartmann, article cité, et notre premier article sur Titon du Tillet.

étaient connues. Mort sans enfants, il donne des objets d'art d'un haut prix aux différents membres de sa famille, répartit son patrimoine entre ses neveux, petits-neveux et nièces, fait des dons et legs en argent aux Religieuses Hospitalières de Saint-Mandé, à ses domestiques, et n'oublie pas un petit-cousin plus modeste que tous autres, « le fils aîné du sieur Titon, brodeur chez le duc d'Orléans ».

Avant de nous occuper à nouveau de l'œuvre à laquelle Titon du Tillet consacra la plus grande partie de sa vie, le Parnasse François, nous considérerons un autre ouvrage du même auteur intitulé : *Essais sur les Honneurs et sur les Monumens accordés aux Illustres Savans pendant la suite des siècles, etc.*

Cet ouvrage, moins connu que le Parnasse François, est aussi d'un puissant intérêt.

Dans ces « *Essais* », Titon ne localise pas son étude à la France, il embrasse au contraire tous les pays et tous les temps, de sorte qu'il nous présente ainsi un abrégé d'histoire universelle de l'Art et des Sciences. Sujet vaste s'il en fut qu'il a su traiter avec une grande maîtrise.

Ce livre est divisé en quatre parties ou « Discours ».

Le premier Discours traite des peuples les plus anciens du monde, les Hébreux, les Assyriens, les Babiloniens, les Egyptiens et les Phéniciens.

Le second Discours renferme l'époque des Grecs.

Le troisième Discours comprend l'époque des Romains, et celle de quelques peuples de l'Asie.

Le quatrième Discours regarde l'époque des différents peuples qui ont succédé aux Romains, c'est-à-dire, depuis la destruction de l'Empire Romain, au commencement du cinquième siècle de l'Ere chrétienne, jusqu'au moment où écrivit l'auteur (1734).

C'est à propos des spectacles et des fêtes données par les ordres de Louis XIV que Titon, dont l'esprit était toujours rempli de grands projets, émet, dans cet ouvrage, l'idée d'instituer des « Jeux Lodoïciens ».

Ne pourroît-on pas, dit-il, page 398 et suivantes, représenter en France des Jeux Publics, qu'on nommeroient *Jeux Lodoïciens*, à la manière des *Jeux Olimpiques*, si fameux dans la Grèce, qu'on célébreroit tous les quatre ans. Rien ne paroit plus aisé que de donner de ces spectacles pompeux, sans qu'il en coutât rien au Roi ni à l'Etat : on trouveroit à Paris, et à l'extrémité de ses Fauxbourgs, de grandes places pour y mettre des amphithéâtres à plusieurs gradins avec des galleries qui contiendroient plus de cinquante mille personnes, et renfermeroient l'arène et le cirque, où l'on donneroit ces spectacles. L'étendue de la Seine, depuis le Pont-Neuf jusqu'au Palais-Royal, présente un bel endroit pour donner des fêtes magnifiques ; ces deux ponts, et les deux quais où s'élèvent de superbes palais qui les entourent, fourniroient de quoi construire de vastes amphithéâtres, et un grand nombre de loges où les spectateurs seroient placés commodément. Ce seroit sur cette partie de la rivière, que l'on représenteroit des *Naumachies* ou des combats navals, des forts et des citadelles, assiégés par mer ; on y feroit combattre aussi des monstres marins qui vomiroient des flammes, et lanceroient des jets de feu.

Je remarquerai encore ici deux principales places aux environs des fauxbourgs de Paris qu'on pourroit choisir pour la représentation de ces Jeux Lodoïciens ; la première est une vaste esplanade qui se présente à la sortie du fauxbourg Saint-Antoine, qui est au devant de la principale allée d'arbres de Vincennes (1) ; la seconde est un grand rond qui est au milieu des Champs-Elisées (2), ou bien un vaste quarré de prairies qui se trouve dans les mêmes Champs-Elisées. Ce seroit dans ces lieux spacieux, que l'on formeroit les arènes et le cirque pour le spectacle de ces *Jeux Lodoïciens*, entourés et fermés de leurs amphithéâtres.

Pour moi, si le projet que je donne ici par ces *Jeux Lodoïciens*, pouvoit être exécuté, j'insisterois beaucoup pour qu'ils fussent représentés, excepté les *Naumachies*, aux Champs-Elisées, à cause de la superbe place consacrée à notre auguste monarque *Louis le Bien aimé*, où les grands seigneurs qui formeroient le carrousel, s'assembleroient, et divisés et rangés en quadrilles, marcheroient dans un bel ordre autour de la Place et de la figure du Roi, et pourroient ensuite y faire quelques évolutions et exercices militaires.

Pour donner à ces *Jeux Lodoïciens* encore plus de grandeur, il conviendroit à certains jours marqués, de donner des tournois ou carrousels, tels que les deux qui ont paru avec tant de magnificence sous le règne de *Louis le Grand*. On joindroit aussi, si on le souhaitoit, dans ces spectacles, quelques exercices qui étoient en usage chez les Grecs et chez les Romains, comme la *course de chariots*, l'*escrime*, le *sault*, le *palet*, la manière de lancer le *dard* et le *javelot*, tous exercices qui entretiennent le corps dans sa force et sa vigueur, et le rendent agile et dispos. Les poètes et les orateurs pourroient réciter leurs ouvrages, et les musiciens exécuteroient les leurs dans le tems qu'on célébreroit ces *Jeux Lodoïciens*. On y distriburoit aussi des prix pour tous les exercices du corps et de l'esprit, où les victorieux seroient couronnés au bruit d'un grand nombre

(1) Actuellement la Place de la Nation.

(2) Le carrefour des Champs-Elysées

d'instrumens, des applaudissemens et des acclamations d'une nombreuse assemblée. Ces prix ainsi remportés dans des spectacles pompeux, donneroient une noble émulation, et exciteroient le désir de pouvoir les mériter, et de se signaler par des exercices qui élèvent l'esprit, ou qui rendent le corps adroit, et le fortifient. On peut juger de la quantité d'étrangers de toutes les nations de l'Europe que ces *Jeux Lodoïciens* attireroient à Paris : quel honneur, et quel profit n'en retireroient point cette grande ville et toute la France ?

De même que l'érection du Parnasse François sur le Rond de l'Etoile, ce projet devait échouer.

A l'égard du Parnasse François, il existe, du moins en ce qui concerne l'artiste à qui l'on doit l'exécution des figures placées sur ce monument, une légende qu'il convient de détruire. Même à la Bibliothèque nationale, où l'on peut voir le Parnasse François tel que l'a conçu Titon du Tillet, l'opinion courante est que ces figures exquises sont de Girardon : telle n'est pas la vérité ! Dans notre premier article, nous avons dit que l'estampe de Jean Audran avait été gravée d'après le bronze exécuté et sculpté par « Louis Garnier, élève de Girardon ». Ceci est parfaitement exact, Titon nous en fournira la preuve :

Je remarqueroi d'abord le tems où le Parnasse François, exécuté en bronze, a commencé d'être connu dans le Monde Littéraire. En 1708, après avoir consulté sur la composition de cet Ouvrage quelques bons Critiques, et sur-tout le sévère Despréaux qui m'honoroit de son amitié, ils ne désapprouvèrent pas, qu'ayant placé sur le Parnasse, dans le premier rang, nos Poètes les plus renommés, d'y admettre encore environ une cinquantaine d'autres Poètes que la Mort avoit enlevés pour lors, et qui devoient y tenir leur place dans des degrés différents, selon leur mérite et leurs *talens*.

Je choisis donc en 1708 Louis Garnier, Sculpteur de réputation, Elève du fameux Girardon, Sculpteur du Roi, pour exécuter ce Parnasse ; il y travailla près de dix années pour le finir. Comme j'eus le bonheur de le voir applaudir par plusieurs bons Connoisseurs, je le fis graver en grande Estampe par Jean Audran, célèbre graveur du Roi, sur le dessein et le tableau qui en avoit été tiré par Nicolas Poilly, excellent artiste (1).

Voilà qui est clair et précis, il n'y a là place pour aucune ambiguïté La parole de Titon a fait évanouir à l'instant toute légende.

Plus loin, Titon nous apprendra encore, note b, page 48 : 1° que « M. Largillière, Recteur de l'Académie Royale de Pein-

(1) *Le Parnasse François*, Troisième Supplément, Seconde partie, p. 2 et 3.

ture et de Sculpture, a donné ses avis et ses soins pour la ressemblance, les attitudes, les habillemens et les draperies des Figures » (1) ; note d, page 48, que « M. Curé a exécuté les médaillons » (2).

L'idée d'élever un monument à la gloire des littérateurs et des artistes qui honorent magnifiquement la France ne pouvait naître que dans l'esprit d'un homme épris du plus noble amour de la Patrie. Quant à la forme qu'il conçut pour matérialiser sa pensée, pourrait-on dire, elle est ingénieuse et dénote chez Titon du Tillet un sens profond de la décoration. Il n'est pas jusque dans le choix des collaborateurs qu'il chargea du soin de réaliser ce qu'il avait imaginé qui ne montre le goût avisé, délicat et sûr de l'auteur du Parnasse François.

La façon dont il décrit et présente son Parnasse est tout à fait remarquable, et les considérations qui l'ont amené à attribuer telle ou telle place aux différents personnages qui s'y trouvent rassemblés par ses soins, sont marquées au coin d'une intelligence exempte de tout parti pris autre que ceux de la recherche du mérite réel de chacun d'eux et de la beauté esthétique de l'œuvre d'art qu'il créa. Quant à la rédaction de l'ordre chronologique des Poètes et des Musiciens, elle représente non seulement un travail formidable mais encore une forte documentation et une immense érudition.

Ajoutons que Titon du Tillet n'a pas été seulement un historien, un prosateur de grand talent, ce qui serait assez, il fut aussi un versificateur fort convenable. Les pièces de vers qu'il adressa successivement à l'Académie Espagnole, et à l'Académie de l'Histoire de Portugal, qui avaient accueilli avec estime les présents littéraires qu'il leur avait fait, le prouvent surabondamment.

---

(1) Largillière, qui peignit le superbe portrait de Titon du Tillet, que nous avons reproduit dans notre premier article, d'après la gravure de Petit, était en relation avec les Titon dont il était le voisin ; il habitait rue Geoffroy l'Angevin, et les Titon, un magnifique hôtel, rue Sainte-Avoye.

(2) Il s'agit ici des médaillons placés sur le monument. Ceux qui figurent dans la « Description du Parnasse François » sont de : Crépy, J. Petit et Maisonneuve.

LE PARNASSE FRANÇOIS

d'après l'estampe de Jean Audran.

L'Œuvre de Titon du Tillet et lui-même furent connus et grandement appréciés tant à la cour qu'à la ville, ainsi que dans les provinces du royaume. A l'étranger, ses mérites s'affirmèrent grâce aux comptes-rendus de différents journaux et aux dons qu'il fit judicieusement des estampes représentant le Parnasse François et de l'Ordre chronologique des Poètes et des Musiciens.

Les hommes les plus éminents analysèrent ses ouvrages. Il était en correspondance avec les intellectuels et les plus grands personnages de son temps. Tout ce que l'esprit et la naissance comptait de plus noble était avec lui et pour lui. Le Roi de Prusse, le Roi de Pologne, les Cardinaux Quirini, Passionéi et Corsini, le Maréchal de Saxe, le duc de Villars, le duc de Saint-Aignan, le marquis de Fogliani, M. de la Houze, M. le comte d'Ossun, M. le prince de Saint-Sévère, Madame de Ligneville, le duc de Noïa, Juan Schonvaloff, le comte de Rasoumonsky, le Bret, de la Brisse de Bernaye, de Quinsonas, Bouhier, de Bourbonne, de Fontette, Rousseau, le père Vanière, de Saint-Hyacinthe, l'abbé Garnier, etc., lui adressèrent les lettres les plus flatteuses et de magnifiques cadeaux (1). Des Poèmes en latin et en français, des Odes lui sont dédiés par les abbés Moréi et Golt, M. de Caux, Mademoiselle l'Héritier de Villadon, MM. Des Forges-Maillard, Richer, etc.

Son frère, Claude-Roch Titon, lui dédia ces stances :

A M. Titon du Tillet.

Stances

Sur son Parnasse François

Quels célèbres concerts ! Oui, la Troupe immortelle
Descend sur ce Parnasse à mes yeux éblouis :
Titon, du haut des Cieux c'est ta voix qui l'appelle
Pour chanter avec toi les vertus de *Louis*.

---

(1) Tabatières en or, superbes volumes, plans, portraits, gravures et celui-ci, assez amusant, que lui envoya, de Naples, Madame de Ligneville, duchesse de Calabritto, consistant en six flacons de dragées appellées *Diavolini* «où il entre beaucoup d'essence de canelle ; elles sont excellentes pour l'estomac et pour conserver la santé aux personnes d'un grand âge ».

Toujours ton noble sang s'enflamma pour sa gloire ;
Ton Père (1) à ce Héros fameux par tant d'exploits
Elève un Monument d'éternelle mémoire,
Dont la beauté s'admire au Palais de nos Rois.

Quand Paris de lauriers environnant sa tête,
Voulut par un hommage en consacrer le nom,
Par un Discours sublime éternisant la Fête,
Ton frère (2) se montra l'égal de *Ciceron*.

C'est ton tour de paraître ; illustrant ta Patrie,
L'éclat d'un Roi si grand par toi brille aujourd'hui :
Mais plus heureux encor ce fruit de ton génie,
Cher *Titon*, va te rendre immortel comme lui.

Par. Claude-Roch Titon, chanoine régulier de Sainte-Geneviève, prieur-curé de l'église Saint-Germain de Dourdan, son frère.

De nombreuses Académies étrangères tinrent à honneur d'admettre Titon du Tillet dans leur sein. Note a, page 113, il nous dit : « J'avois l'honneur, en adressant ces vers (3), d'être associé à vingt-quatre Académies de l'Europe ». Citons l'Académie des Arcanes de Rome, l'Académie Espagnole, l'Académie Historique de Portugal et celle de la Crusca. Les Instituts et Académies de Bologne, Pérouse, Cortone, etc. En France, l'Académie des Sciences, Belles-Lettres et Arts de Lyon, de même que les Académies de Rouen, Toulouse, Montauban, Angers, La Rochelle, Châlons-sur-Marne, Amiens, Nancy, Besançon, Béziers, le nommèrent également membre associé.

Devant les nombreuses marques d'admiration, d'estime et de sympathie qu'il reçut de toutes parts, Titon du Tillet a pu dire justement :

(1) Maximilien Titon, Directeur Général des Manufactures et Magasins Royaux d'Armes en France, établis en 1666, fait présent en 1701, au Roi, d'une Statue Equestre de S. M. d'environ 20 pouces de hauteur, fondue en acier, réparée avec un grand soin, dont le corcelet et les autres ornements sont damasquinés en or ; elle est placée sur un piédestal en marbre blanc, avec un bas-relief de chaque côté en acier fondu, représentant la prise de Valenciennes et le Passage du Rhin par ce Monarque. S. M. fit placer dans un Sallon des petits Appartemens du Château de Versailles ce Monument curieux et d'une nouvelle invention, le fer s'étant rendu fusible pour la première fois : c'est le sieur *Beaumont de Cosne* qui trouva ce beau secret (*Note de Claude Titon*).

(2) Louis-Maximilien Titon, fils aîné du précédent, Procureur et Avocat du Roi et de la Ville de Paris, célèbre par ses Harangues, en prononça une dans la grande Salle de l'Hôtel de Ville de Paris devant un grand nombre de personnes de distinction, au sujet de la Statue Equestre de *Louis le Grand* qui fut posée le 13 août 1699, dans la Place des Conquêtes, et dont il reçut beaucoup d'applaudissemens (*Note de Claude Titon*).

(3) Ceux qui accompagnaient la lettre qu'il adressait à l'Académie de l'Histoire de Portugal et auxquels nous faisions allusion plus haut.

« Ce n'a jamais été l'or et les biens périssables qui m'ont tenté, à moins que ce ne fut pour en faire quelque noble usage à la gloire de ma Nation. Le Parnasse François en bronze ayant été heureusement achevé en 1718, je me suis vu perdre, par le fatal système de Papier en 1719, que j'étois à Rome, la plus grande partie de mon bien, compris ma Charge de Doyen des Maîtres d'Hôtel de feue Madame la Dauphine, mère du Roi, que j'avois achetée à la création de la Maison de cette grande Princesse en 1697, étant aujourd'hui en 1759, le seul Officier existant de cette création, et n'ayant pas eu le bonheur d'y être remplacé dans les occasions qui s'en sont présentées. »

« Si j'ai essuyé quelques disgrâces de la Fortune du côté des richesses, qui ont mis fin à des projets que je croyais honorables à ma Nation, combien n'ai-je pas de sujets de satisfaction pour les éloges que plusieurs Savans et autres Personnes distinguées dans le Monde Littéraire, m'ont donnés dans différens Ouvrages de Prose et de Vers ! »

En fait, Titon du Tillet fut un pur idéologue. Il ne poursuivit que de nobles buts sans autre préoccupation que la glorification des esprits élevés de son pays et de toutes les civilisations.

Personne ne fut plus que lui éloigné des entreprises financières quelles qu'elles fussent. S'il sollicita les fonctions de Fermier-général, ce n'était qu'avec la ferme intention, la volonté bien arrêtée d'employer les revenus de cette charge à la réalisation de son rêve. Sa parole va nous renseigner complètement sur ce sujet :

« J'aurois fait volontiers cette entreprise à mes dépens (1), si l'on m'avoit voulu donner une des place des *Quarante*, non pas de celles de l'Académie Française, dont je me tiendrois cependant très honoré, mais une de celles des plus distinguées dans la Finance. Mon dessein est bien éloigné de vouloir faire aucun tort à ceux qui les occupent, au contraire ; car tandis qu'ils feroient un travail utile à l'État, et des dépenses telles qu'il convient à leur emploi, je leur ferois honneur de mon côté, et même à la Nation, en travaillant à l'exécution du Parnasse, en figures plus grandes que le naturel, qui seroit bien avancé en huit ou neuf années, au moyen de deux millions ; mais je suis bien éloigné de trouver de pareilles ressources, et de voir ma bonne volonté secondée ! »

Noble cœur, esprit altier, Titon du Tillet vécut dans les hautes sphères de l'intelligence, de l'art, de la littérature, de l'histoire.

La maxime de Juvénal : *Mens sana in corpore sano*, s'applique exactement à lui : il fut en effet une âme, un esprit sains dans un corps sain.

---

(1) L'érection du Parnasse François sur une place publique de Paris.

C. C. H. Danjouan ne fit que lui rendre un légitime hommage en dédiant à l'auteur du Parnasse le distique suivant :

Vivere dent aliis Vates, tu Vatibus ipsis
Vivere das ; Pindo vivis et ipse tuo.

Que les Poètes donnent la vie aux grands Hommes, tu la donnes aux Poètes même, et tu vis avec eux sur ton Parnasse.

Si, de son vivant, Titon du Tillet fut en but aux sarcasmes de détracteurs jaloux, quoique puissants (Voltaire entre autres), il eut aussi, on le voit, ses thuriféraires.

A présent, le recul des années nous permet de considérer dans son ensemble l'œuvre, unique en son genre, de cet homme éminent, et de juger combien heureuse et féconde fut l'idée génératrice qui se trouve à sa base. Cette idée, il sut la développer avec un art infini, en faire un tout homogène, harmonieux, et d'une importance capitale pour la connaissance biographique des littérateurs et des artistes dont il traita.

Ce sont là des titres qui lui confèrent assurément le droit de figurer sur le monument qu'il a élevé aux grands hommes des règnes de Louis XIV et de Louis XV, à côté de ceux qu'il a tant admirés et glorifiés si magnifiquement.

Charles BOUVET.

CATALOGUE ET BIBLIOGRAPHIE

des Œuvres de

TITON DU TILLET

Le Parnasse François

1727. — Première édition, in-12.
1732. — Seconde édition, in-folio.
1743. — Premier supplément, in-folio.
1755. — Second supplément, in-folio.
1760. — Troisième supplément, in-folio.

1734. — Essais sur les Honneurs et sur les Monumens accordés aux illustres scavans, etc.

1727. — Description du Parnasse François, exécuté en bronze suivie d'une Liste Alphabétique des Poëtes et des Musiciens rassemblés sur ce Monument. Dédié au Roy Par M. Titon du Tillet, Commissaire Provincial des Guerres, ci-devant Capitaine de Dragons, et Maître d'Hôtel de Madame la Dauphine, Mère du Roy. A Paris, de l'Imprimerie de Jean-Baptiste Coignard Fils, Imprimeur du Roy. M. DCC. XXVII. Avec Approbation et Privilège du Roy.

In-12. *Titre, Epitre au Roy* et *Préface*, 28 pages, *Description du Parnasse François*, de la page 1 à 91. *Liste Alphabétique des Poëtes et des Musiciens rassemblés sur le Parnasse François*, de la page 92 à 366, *Table des Matières*, *Approbation*, *Privilège* et *Errata*, 10 pages.

Bibliothèque nationale, L n° 68, Double de L n° 68, Réserve.
Bibliothèque de l'Opéra, 8.038.
Bibliothèque de l'Arsenal, 17754. H., 17754. H. bis.
Bibliothèque Sainte-Geneviève, 8° Y. 971[2].

1732. — Le Parnasse François, dédié au Roi, Par M. Titon du Tillet, Commissaire Provincial des Guerres, ci-devant Capitaine de Dragons, et Maitre d'Hôtel de feue Madame la Dauphine, Mère du Roi. A Paris, de l'Imprimerie de Jean Baptiste Coignard Fils, Imprimeur du Roi. MDCCXXXII. Avec Approbation et Privilège du Roi.

In-folio. Frontispice représentant *le Parnasse*, gravure de Tardieu, une page de *Titre*, trois de dédicace *Au Roy*, une de *Table des principaux articles contenus dans ce volume. Discours sur le dessein de cet ouvrage*, de la page 1 à la page 27, une d'*Avertissement*, *Description du Parnasse exécuté en bronze* (trois parties), de la page 29 à la page 92, *Listes des Auteurs et des Livres dont j'ai tiré la plus grande partie des Mémoires*, etc. pp. 93 à 98. *Ordre Chronologique des Poëtes et des Musiciens rassemblez sur le Parnasse François*, de la page 99 à la page 660.

Bibliothèque nationale, L nº 69, L nº 69 bis, L. nº 69, Réserve (Exposé).
Bibliothèque de l'Opéra, 1.816.
Bibliothèque de l'Arsenal, 17555. H. Exemplaire sur grand papier avec envoi autographe de l'Auteur à « Monsieur d'Argenson, Conseiller d'État, etc. ».
Bibliothèque de l'Arsenal, 17556. H. Deux volumes.
Bibliothèque Sainte-Geneviève, Y. 125
» » Y. 125². Réserve.
Bibliothèque de Versailles, I. 21, n. Réserve. (Exemplaire relié en maroquin rouge, aux armes de France).

1743. — Supplément du Parnasse François, jusqu'en 1743. Et de quelques autres Pièces qui ont rapport à ce Monument.

In-folio. *Titre*, non numéroté, *Ordre chronologique des Poëtes et des Musiciens qui sont morts jusqu'en cette année 1743*, de la page 661 à 672, et de la page 673 à la page 786. *De nos acteurs et actrices célèbres de la Comédie et de l'Opéra*, etc., pp. 789-816. *Conclusion*, pp. 817-832. *Remarques sur la Poësie et la Musique*, etc. (2 chapitres), pp. I-XXVIII et pp. XXIX-LIII. *Lettres* de Rousseau, de M. de Themiseuil, de Saint-Hyacinthe, et du R. P. Vanière (en latin), et autres, pp. LIV et pages non numérotées. *Liste des Poëtes et des Musiciens*, etc., pp. LXXXI-XCII. *Liste chronologique des Poëtes et des Musiciens contenus dans le supplément*, 2 pages non numérotées. *Additions*, *Approbation* et *Privilège*, pp. XCIII et 94. (Premier Supplément).

Bibliothèque nationale, L nº 69, p. 661, L nº 69, p. 661 (manque le Titre).
Bibliothèque de l'Opéra, 1.816.
Bibliothèque de l'Arsenal, 17555. H. (incomplet). 17557. H.
Bibliothèque de Versailles, I. 27. n. (Admirable exemplaire relié en maroquin La Vallière, aux armes de France).

1755. — Second Supplément du Parnasse François ou Suite de l'Ordre chronologique des Poëtes et des Musiciens que la mort a enlevés depuis le commencement de l'année 1743, jusqu'en cette année 1755. CINERI GLORIA DATUR STAT SUA CUIQUE MERCES. Chacun y tient son rang selon ses talents et son mérite.

In-folio. *Titre*, non numéroté, *Ordre chronologique des Poëtes et des Musiciens*, de la page 1 à 84, *Remarque* et *Approbation*, pp. 85-86. *Liste chronologique des Poëtes et des Musiciens*, etc., et *Avertissement*, deux pages

Bibliothèque nationale, L n° 68.
» » L n° 68 (Réserve). Envoi autographe de l'Auteur.
Bibliothèque de l'Opéra, 1.816.
Bibliothèque de l'Arsenal, H. 17556, 17557. H. (Avec envoi autographe de l'Auteur à « Monseigneur le Comte d'Argenson », etc.).

1760. — Description du Parnasse François exécuté en bronze, A la gloire de la France et de Louis le Grand et à la mémoire perpétuelle des illustres Poëtes et des fameux Musiciens François; Dedié au Roi Par M. Titon du Tillet, Maître d'Hôtel de feue Madame la Dauphine, Mère de Sa Majesté. Cette Description est suivie de diverses Pièces en Prose et en Vers, au sujet de ce Monument, Première Partie. A Paris. M. DCC. LX. Avec approbation.

In-folio. *Titre*, *Table sommaire de la Première Partie*, 2 pages, *Description du Parnasse François*, de la page 1 à 20, *Le Parnasse François*, Gravure de Tardieu, *Treize planches de Médaillons*, *plus cinq* nouvelles. *Tableau du Parnasse François ou Liste des Personnes qui sont rassemblées sur ce monument*, etc, de la page 21 à 44. *Lettre d'un habitant du Parnasse à Monsieur Titon du Tillet*, pp. 45-48. A la fin : *Lu et approuvé le vingt-huit Avril 1757. Trublet.*

Titre : Diverses Pièces en Prose et en Vers au Sujet du Parnasse François exécuté et élevé en bronze en l'année M. DCC. XVIII. Seconde Partie. Table Sommaire de la Seconde Partie, 2 pages, *Diverses Pièces en Prose et en Vers*, etc, de la page 1 à la page 122. A la fin : *Lu et approuvé le six Novembre 1759. Trublet.* (Troisième Supplément).

Bibliothèque nationale, L n° 68. A. Admirable exemplaire, relié en maroquin rouge aux armes de France.
Bibliothèque de l'Arsenal, H. 17556.
Bibliothèque Sainte-Geneviève, Y. 125³, Réserve.
Bibliothèque de Versailles, I. 23. n. Réserve, (Exemplair relié en maroquin rouge aux armes de France.)

1734. — Essais sur les Honneurs et sur les Monumens accordés aux illustres sçavans pendant la suite des siècles. Où l'on donne une légère idée de l'Origine et du Progrès des Sciences et des Beaux-Arts, Par M. Titon du Tillet, Maître d'Hôtel de feüe Madame la Dauphine, Mère du Roi, et Commissaire Provincial des Guerres A Paris, de l'Imprimerie de Jean-Bapt. Coignard, et d'Antoine Boudet, et se vend chez Chaubert, à l'entrée du quai des Augustins La veuve Pissot, Quai Conti. Jean de Nully, au Palais. MDCCXXXIV. Avec Approbation et Privilège du Roi.

In-12. *Titre*, *Sommaire*, de la page 1 à XXII, *Fautes qui se sont glissées*, etc *Essais sur les Honneurs et les Monumens*, de 1 à 14 *Premiers Discours : Des Honneurs rendus aux personnes qui ont fait fleurir les Arts et les Sciences parmi les anciens Peuples de la Terre, les Hébreux, les Assyriens, les Egyptiens et les Phéniciens*, etc, de la page 14 à 31. *Second Discours : Du Progrès des Sciences et des Beaux-Arts en Grèce et des Honneurs et des Monumens acco·dés au Sçavans*, pp. 32-149. *Troisième Discours* : *Sur les Honneurs et les Monumens que les Romains ont accordés aux Personnes qui ont excellé dans les Sciences*, pp. 149-240. *Discours IV* : *Sur les Honneurs et les Récompenses que les nations policées et florissantes qui ont paru depuis les Romains, ont acccordés aux Illustres Scavans*, pp 241-460. *Addition*, de la page 461 à 467. *Approbation* et *Privilège*. 3 pages.

Bibliothèque nationale, G. 29.747 (Bel exemplaire relié en maroquin rouge, aux armes de France).

Bibliothèque de l'Arsenal, 18825. H.

Bibliothèque Sainte-Geneviève, A. 51377.

Bibliothèque de Versailles, I. 50. n. Réserve. (Exemplaire relié en maroquin rouge aux armes de France.

TABLEAU GÉNÉALOGIQUE DES TITON

TITON
Artisan venu d'Écosse.

Claude TITON
Maître-brodeur.
(† 1638).
Geneviève LE MERCIER

Maximilien TITON
(1631-1711)
Baron de Berre,
Seigneur d'Ognon, de Lanoue, d'Heille, etc.
Marguerite-Angélique BÉCAILLE

Marie TITON

Louis-Maximilien TITON
Seigneur de la Forêt Tomier, de Cogny et de Villegenon.
Élisabeth ROUILLÉ

Claude-Roch TITON
(† 1730).
Chanoine régulier de Sainte-Geneviève-Prieur. Curé de l'Église St-Germain de Dourdan.

Jean-Jacques TITON
(1665-1740).
Seigneur du Plessis-Choiselle, Chamant et Auneuil.
Jeanne-Hélène DE SAINT-MESMIN

Évrard TITON
Sieur du Tillet.
(1677-1762).
Maître d'Hôtel de Marie-Adélaïde de Savoie, Duchesse de Bourgogne, Mère de Louis XV.

Marie-Angélique TITON
Zacharie MOREL
Seigneur de la Renaie.

Geneviève TITON
Jean-Batiste Le FÉRON
Seigneur du Plessis-au-Bois.

Marie-Thérèse TITON
(† 1754).
Louis-Joseph D'AQUIN
Comte de la Selle.

Maximilien-Louis TITON
(† 1758).
Seigneur d'Ognon et de Villegenon.
…ève LE FEVRE …AUBONNE — Françoise DE L'ESPINE DU PLANTY

Pierre-Joseph TITON
(† 1758).
Seigneur de Cogny, Vicomte de la Forêt-Tomier
Jeanne-Cécile LE GAY
Dame de Montgeron

Élisabeth TITON
(† 1730).
Jean-Baptiste-Jacques DE GON
Seigneur d'Argenlieu, de Cambière et de Lamicourt.

Jean-Baptiste-Maximilien TITON
(1696-1768).
Seigneur du Plessis, de la Neuville, etc.
Marie-Louise OURAILLE

Jacques-Daniel TITON
Seigneur de Longuève et d'Orgery
Marie-Magdeleine LE PETIT

Zacharie TITON
(1700-1740)
Seigneur de Chamant.

Une Fille.
(Vivait encore en 1702).

Deux Fils et :
Marie-Hélène LE FÉRON
Hilaire-Armand ROUILLÉ
Seigneur du Coudray.

…ique-Geneviève TITON
(1716-1739).
…bert-Honoré … DE CHABANNES-MARIOL

Marie-Louise-Adélaïde TITON
MARQUIS DE BRAGELONNES
Comte de Chevigné.

Jean-Baptiste-Maximilien-Pierre TITON
(† 1794).
Seigneur de Villotran et de la Neuville.
Marie-Anne BENSEROT

Daniel-Augustin TITON
Seigneur d'Orgery.
Angélique-Monique FOUGERAUX

Armand ROUILLÉ
Maréchal de Camp

Cécile-Marie TITON

Jean-Baptiste-Maximilien TITON

LILLE, IMPRIMERIE LEFEBVRE-DUCROCQ

LILLE, IMPRIMERIE LEFEBVRE-DUCROCQ

www.ingramcontent.com/pod-product-compliance
Ingram Content Group UK Ltd.
Pitfield, Milton Keynes, MK11 3LW, UK
UKHW022148170726
13837UKWH00004B/1862

9 782329 197357